खबरदार!

मोबाइल में भूत है

लेखक

कुसुम भट्ट

डायमंड बुक्स

www.diamondbook.in

प्रकाशक : डायमंड पॉकेट बुक्स (प्रा.) लि.
X-30, ओखला इंडस्ट्रियल एरिया, फेज-II
नई दिल्ली-110020
फोन : 011-40712200
ई-मेल : sales@dpb.in
वेबसाइट : www.diamondbook.in
संस्करण : 2025
मुद्रक : आदर्श प्रिंटर्स, शाहदरा, दिल्ली-110032

KHABARDAR MOBILE MEIN BHOOT HAI
By : Kusum Bhatt

अनुक्रमणिका

1. आप ही हो देश के कर्णधार 5
2. और रूही को समझ आ गयी 7
3. माँ-पिता नहीं करते बच्चों के लिए कमी 15
4. मेहनत रंग लाएगी 17
5. मोबाइल ले जाता है सबसे दूर 19
6. समय आपकी मुट्ठी में 21
7. छोड़ सकते हो लत 23
8. जीवन आपका अपना है 25
9. शिव का सपना साकार हुआ 29
10. मुसीबत में खड़े होंगे सब 33
11. भूत से पीछा छुड़ाना मुश्किल 35
12. मजा लो असली जिन्दगी का 37
13. नहीं तो फिर बन जाओगे गुलाम 41
14. ....और अब अंत में 45

1. आप ही हो देश के कर्णधार

प्यारे बच्चों,

क्या आपको पता है आपका समय कितना कीमती है? नहीं न? तो मैं आपको बताती हूँ कि आपका समय कितना कीमती है। बच्चों, आपका समय हमारा राष्ट्रीय समय यानी कि **"NATIONAL TIME"** है। आप जो भी करते हो, उसका असर हमारे देश पर भी पड़ता है।

एक-एक बच्चा देश की नींव है। अब अगर यही बच्चा अपना सारा समय मोबाइल और इंटरनेट पर बर्बाद कर रहा हो तो आप ही बताओ उसका जो कीमती समय है, कैसे उससे वह अपना और अपने देश का भविष्य बना पाएगा। जहाँ वह 100 प्रतिशत समय का अच्छे से सदुपयोग कर सकता है, वहीं वह 50 या 60 प्रतिशत ही समय अपने लिए दे पाता है, बाकी मोबाइल गेम्स और एप्स पर बर्बाद कर देता है, जिससे उसके बदले उसे कुछ नहीं मिलता, बल्कि खुद उसका और उसके देश का बहुत बड़ा नुकसान होता है क्योंकि समय बर्बाद करने की वजह से वह अपना सारा समय पढ़ाई या अन्य सर्जनात्मक कार्यों में नहीं लगा पाता है, जिससे हमारा देश एक अच्छे डॉक्टर, इंजीनियर, अच्छे गायक, खिलाड़ी, या कलाकार से वंचित हो जाता है। इसलिए यह सिर्फ आपका समय नहीं है, यह आपके देश का भी समय है। आप इसे ऐसे ही बर्बाद न करो। आप मजबूत होंगे तो देश भी मजबूत होगा।

इस किताब के माध्यम से देखें कि मैं खास आप लोगों से बात करना चाहती हूँ। आप मुझसे बात करें और अगर कहीं पर मैं गलत हूँ तो आप भी मुझे सही दिशा दे सकते हैं।

आपका जीवन आपके अपने हाथों में है। इसे बनाना या बिगाड़ना आप पर ही निर्भर करता है। घर का वातावरण कैसा है, यह कुछ हद तक प्रभाव डालता है, मगर यदि आप बहादुर, निडर, दृढ़ निश्चय वाले हैं तो कोई भी परिस्थिति आपको आगे बढ़ने से नहीं रोक सकती। बस, अपने आप पर भरोसा, मेहनत और लगन, ये तीनों चीजें दिलाएंगी आपको सफलता।

बच्चों, एक छोटी-सी सलाह है आप लोगों के लिए, चाहें तो इसे आप मानिये या चाहें तो नहीं, मगर यदि आपने इसे मान लिया तो कल आपका भविष्य निःसंदेह सुख, शांति और सफलता के शिखर पर होगा, जहाँ नाम, इज्जत, शोहरत और दौलत सभी आपका इंतज़ार कर रहे होंगे।

-आपकी कुसुम

2. और रूही को समझ आ गयी

बच्चों,

आज मैं आपको एक छोटी-सी कहानी बताने जा रही हूँ। पहले आप इससे पढ़ें, उसके बाद हम आपसे कुछ बातें करेंगे।

एक शहर में दो दोस्त रहते थे, रोहन और आकाश। दोनों बहुत पक्के दोस्त थे। बचपन से ही साथ पढ़े और खेले-कूदे। उनकी दोस्ती की सभी मिसाल देते थे। वे एक-दूसरे का बहुत ख्याल रखते। पढ़ने में हो या खेल-कूद में, वे हमेशा एक-दूसरे की मदद करते। रोहन पढ़ने में काफी अच्छा था और आकाश थोड़ा कम। मगर दोनों मेहनती बहुत थे, जो भी काम करते मन लगाकर। रोहन और आकाश दोनों को ही खेलने का भी बहुत शौक था, अपनी पढ़ाई के बाद दोनों रोज शाम को खेलने निकलते और एक दो घंटे रोज़ खेलते। कभी फुटबाल तो कभी क्रिकेट, कभी खो-खो तो कभी कबड्डी, वे और बच्चों को भी खेलने के लिए प्रेरित करते और रोज अलग-अलग खेल खेलते। इससे उनका दिमाग और शरीर दोनों ही तरोताज़ा हो जाते और फिर वे अपनी-अपनी पढ़ाई में जुट जाते। दोनों ही काफी समझदार थे। आकाश खेल-कूद में काफी अच्छा था, उसे वैसे तो सभी खेल पसंद थे, मगर टेनिस उसे बहुत पसंद था। आकाश टेनिस खेलने के लिए जी जान लगा देता। धीरे-धीरे उसका खेल निखरने लगा, उसे जब भी समय मिलता वह अपनी प्रैक्टिस करता और इस प्रकार स्कूल से उसका चयन स्टेट लेवल टूर्नामेंट के लिए हो गया।

आकाश बहुत खुश था और रूही भी। दोनों ने अब टेनिस पर विशेष ध्यान देना शुरू कर दिया। रूही जितना होता आकाश के साथ, उसकी प्रैक्टिस में साथ होता। आकाश की तैयारी काफी अच्छी चल रही थी। अब उसे स्टेट के लिए खेलना था। उनको देख और बच्चे भी खेलों में रुचि लेने लगे थे और आसपास के बच्चे भी रोज शाम को इकट्ठा होने लगे।

रोहन के घर वाले उसे रूही कहकर बुलाते थे। रूही के घर में माँ, पापा, दादा और दादी सब साथ रहते थे। इस बार उसकी सातवीं कक्षा की

परीक्षा थी। उसने मन लगाकर पढ़ाई की और फिर से अच्छे नम्बरों से पास हो गया, घर वाले बहुत खुश हुए, रूही ने पापा से कहा पापा अब मैं बड़ा हो गया मुझे एक मोबाइल दिला दीजिये। पापा ने कहा बेटा अभी नहीं, 12वीं के बाद ही बच्चों को मोबाइल देना चाहिए, मगर रूही नहीं माना। रूही अब आठवीं कक्षा में आ चुका था, बड़ी क्लास, अब तो और अधिक मेहनत की जरूरत थी, किन्तु जिद करने पर पापा ने मोबाइल दिला दिया और उससे ये वादा लिया कि वह सिर्फ कुछ ही समय दिन में मोबाइल से खेलेगा वरना वे मोबाइल वापस अपने पास रख लेंगे। रूही ने वादा किया और मोबाइल पर गेम खेलने लगा, पहले ही दिन उसे आखों में कुछ भारीपन लगने लगा। उसकी आँखें थक गयी और उसे नींद आने लगी। रूही आज जल्दी सो गया। आज का उसका होमवर्क भी खत्म नहीं हुआ।

आकाश ने रूही के पास मोबाइल देखा तो उसे अच्छा नहीं लगा। ऐसा नहीं था कि आकाश के माँ-पापा उसे मोबाइल नहीं दिला सकते थे। मगर आकाश ने मोबाइल के लिए कभी जिद नहीं की, क्योंकि वह समझदार था। वह अपने कई दोस्तों को मोबाइल पर देखता था जो दिन-रात गेम्स खेलते और एप्स में समय खराब करते थे, कई बच्चों को वह समझाता भी था, मगर सब उसे ही बेवकूफ समझते। उन्हें लगता उसे कुछ भी नहीं आता, मगर जब आकाश कोई जानकारी उन्हें देता तो उन्हें आश्चर्य होता, वह हंसकर उन्हें बताता कि मैं किताबें पढ़ता हूँ, मोबाइल नहीं और फिर हंस देता। वह बहुत ही मिलनसार और हंसमुख था। कभी किसी का दिल नहीं दुखाता था। आकाश अपना समय पढ़ाई और खेलकूद को देता था। काम समय पर करना उसकी आदत थी। सबकी मद्द भी करता था। किसी से झगड़ता नहीं था। स्कूल टीचर उसे बहुत पसंद करते थे, वे अक्सर बच्चों को आकाश का ही उदाहरण देते थे। स्कूल की तरफ से आकाश और रूही खेलने जाते थे। उसकी और रूही की वजह से उनकी स्कूल टीम काफी अच्छी थी।

आकाश ने रूही को समझाया, रूही अभी इसका समय नहीं है। मैंने कई बच्चों को देखा है दोस्त, मोबाइल पर गेम खेलते-खेलते उनकी पढ़ाई और स्वास्थ्य दोनों को नुक्सान पंहुचा है, आँखें कमजोर हो गयी हैं, और उनको इसकी बुरी लत पड़ गयी, ना वे कोई खेल खेलते हैं न पढ़ते हैं, इसकी लत बुरी होती है, इसलिए तू ये मोबाइल मत रख। रूही हमेशा आकाश की

बात सुनता और मानता भी, मगर इस बार उसने उसकी बात को नज़रअंदाज कर दिया, क्योंकि उसे मोबाइल पर गेम खेलना बहुत अच्छा लग रहा था।

रूही सुबह उठा तो उसे सिर थोड़ा भारी लगा। वह उठकर नहाया और नाश्ता करने के बाद स्कूल चला गया। आज दिनभर रूही अपने दोस्तों से अपने नए फोन की बातें करता रहा। वह बहुत उत्साहित था। उसने बताया कि कैसे उसने कल इतने सारे गेम्स खेले, उसके कई दोस्तों के पास मोबाइल पहले से ही थे, लेकिन कई दोस्तों के पास अभी भी नहीं थे, इसलिए वे बड़े ध्यान से उसकी बातें सुन रहे थे, तभी क्लास टीचर क्लास में आये और होमवर्क मांगने लगे। आज पहली बार रूही का होमवर्क पूरा नहीं था। रूही को यह अच्छा नहीं लगा और न टीचर को, लेकिन ये पहली बार ही था इसलिए उसे कुछ नहीं कहा। उन्हें पता था कि इसके पीछे अवश्य कोई वजह होगी, क्योंकि रूही पढ़ने में काफी अच्छा था और कभी उसका होमवर्क अधूरा भी नहीं रहता था। कल होमवर्क लाने की बात कहकर टीचर क्लास से चले गए। इससे रूही को एक अजीब-सी बेचैनी हुई। कहीं न कहीं उसे बुरा जरूर लग रहा था।

छुट्टी के बाद जैसे ही रूही घर पंहुचा, सबसे पहले वह मोबाइल खोजने लगा। उसने यूनिफार्म बदली, न हाथ-मुँह धोया, आते ही मोबाइल पर गेम खेलने लगा। माँ ने प्यारी सी डाँट लगाई, बेटा पहले कपड़े बदल लो, खाना खा लो, स्कूल का होमवर्क कर लो फिर ये गेम खेलना। माँ की बात अनसुनी कर रूही गेम खेलता रहा। थोड़ी ही देर बाद फिर उसकी आँखे भारी होने लगीं और वह वहीं खेलते-खेलते सो गया। न खाना खाया, न होमवर्क किया।

सुबह रूही उठा तो उसे आज गर्दन पर हल्का-सा दर्द महसूस हुआ। रूही को समझ नहीं आया कि यह क्या हो रहा है। सर भारी, गर्दन में दर्द, आँखों में थकान, ऐसा पहले तो कभी नहीं हुआ। फिर उसने माँ से इस बारे में बात की। माँ ने उसकी बात सुनी पहले तो वह घबरा गयी, सोचती रही, एक बार सोचा रूही को डॉक्टर के पास ले जाएं। फिर अचानक माँ को कुछ याद आया। माँ ने रूही को अपने पास बुलाया और प्यार से उसके सर पर हाथ फेरकर पूछा- रूही, बेटा एक बात बताओ, आपको यह कब से महसूस हो रहा है। रूही बोला-माँ तीन चार दिन से, अब माँ समझ गयी, माँ ने कहा बेटा, तीन चार दिन से आपने अपना रोज का रूटीन नोट किया है?

अब आप बताओ कि आप के रोज के रूटीन में क्या फर्क है। रूही कुछ देर सोचता रहा फिर बोला, हाँ माँ, जब से नया मोबाइल आया है मैं कुछ टाइम उस पर गेम्स खेलता हूँ। माँ ने कहा बेटा आप कुछ समय नहीं काफी समय उस पर दे रहे हो। अच्छा बताओ, आपका होमवर्क पूरा होता है? आप पढ़ाई के लिये समय निकाल पा रहे हो? तुमने कल पूरा दिन मुझसे कितनी बात की? पापा से कितनी बात की? कल तुम बाहर खेलने भी नहीं गए, अब तुम ही बताओ तुम्हारा कितना समय मोबाइल पर जा रहा है? रूही माँ की बात बड़े ध्यान से सुन रहा था, रूही एक समझदार बच्चा था। बात उसकी समझ में आ रही थी, किन्तु अभी उसे नया-नया शौक था इसलिए सब समझते हुए भी उसने माँ की बात नजरअंदाज कर दी।

स्कूल पहुंचते ही रूही अपने दोस्तों से अपने गेम्स के बारे में बताने लगा। उसने मोबाइल पर क्या खेला, किस लेवल तक खेला, आदि-आदि। क्लास शुरू होते ही टीचर ने होमवर्क माँगा, रूही का काम अधूरा था, टीचर ने रूही से इसकी वजह पूछी। क्योंकि उन्हें पता था, कुछ तो बात है, वरना इसका काम समय से पूरा होता था, उन्होंने रूही से पूछा- रूही क्या बात है? आजकल आपका काम समय से पूरा नहीं होता, आपकी तबीयत तो ठीक है? रूही कुछ शर्मिंदा हुआ और उदास भी। वह कुछ नहीं बोल पाया। बस, चुपचाप सर झुकाकर खड़ा रहा, उसकी आँखों में आंसू थे। आज दूसरे दिन भी उसका होमवर्क पूरा नहीं हो पाया था।

जैसे ही रूही घर पहुँचा फिर से उसका ध्यान मोबाइल पर चला गया। उसे इन चार दिनों में ही एक अजीब-सी लत लग गयी। रूही नहीं चाहता था वह फोन से खेले, पर वह खुद को रोक नहीं पाया। फिर उसने सोचा आज बस थोड़ी देर खेलूंगा, मगर एक बार फोन हाथ में आने पर उसे समय का पता ही नहीं चला। इसी तरह कुछ दिन बीते, रूही को गेम्स खेलना और मोबाइल एप्स की आदत पड़ने लगी। तरह-तरह के एप्स इनस्टॉल कर वह दोस्तों से चैट में बिजी रहने लगा। माँ-पापा ने ये देखा तो उसे समझाया, थोड़ा डांट भी लगायी, पर रूही गेम्स और एप्स के चंगुल में बुरी तरह फंस चुका था। अब वह छुप-छुप कर गेम्स खेलने लगा, दिन-प्रतिदिन उसकी आँखों पर इसका बुरा असर होने लगा था। वह थक जाता, जिससे वह पढ़ नहीं पाता, परीक्षा में उसके नम्बर भी कम आने लगे, वह अपने ही साथियों

से पिछड़ने लगा, न वह कोई खेल खेलता, न बाहर जाता, किसी से बात भी नहीं करता, अपने आप में ही सिमटने लगा, उसकी दुनिया जैसे मोबाइल गेम्स में ही कैद होकर रह गयी।

उसके पापा ये देखकर चिंतित हो गए कि कैसे बेटे की ये लत छुड़ाएं? उन्हें खुद पर ही गुस्सा आने लगा, क्यों एक बच्चे के कहने पर किस प्रकार उन्होंने बच्चों का दुश्मन उसे दे दिया। ऐसा सोचकर उन्हें पछतावा होने लगा।

आज रूही का 8वीं का रिजल्ट आने वाला था, रूही बेमन से स्कूल गया, कहीं न कहीं उसे डर था कि उसके नम्बर अच्छे नहीं आये होंगे, और यही हुआ, रूही सिर्फ पास हो पाया था। कक्षा में फर्स्ट या सेकेंड आने वाला रूही पास भी बड़ी मुश्किल से हो पाया था। अपना रिजल्ट देखकर रूही रोने लगा। उसके दोस्तों ने बहुत समझाया, टीचर ने भी उसे आगे से पढ़ाई में मन लगाने को कहा। पर अब क्या हो सकता था, जो होना था वो तो हो गया। रूही अपना साल वापस नहीं ला सकता था। रूही बहुत दुःखी हुआ। उसे अपने आप पर गुस्सा भी आया। उसे अहसास हुआ कि जहाँ वह सबका चहेता था, वहीं आज सबकी नज़रों में उसकी कीमत कुछ कम हो गयी।

रूही स्कूल से घर वापस आया। माँ उसकी सूरत देखकर ही समझ गयी थी कि उसका रिजल्ट अच्छा नहीं है, फिर भी उन्होंने उसे कुछ नहीं कहा, बस इतना समझाया कि बेटा- आज आपने अपना इतना समय मोबाइल को देकर अपना रिजल्ट ख़राब किया। साथ ही अपने खेलकूद और स्वास्थ्य पर ध्यान नहीं दिया, सोचो अभी तो छोटी क्लास है, आगे कैसे होगा? मोबाइल गेम्स और फालतू एप्स के चक्कर में तुम्हारा सारा भविष्य दांव पर लग जाएगा। अब तुम्हें तय करना है कि आपको क्या चाहिए? अपने गेम्स खेलकर अपने हाथों अपना भविष्य बर्बाद कर दो या इन्हे छोड़कर अपना सुनहरा भविष्य बनाओ। मोबाइल और गेम्स के लिए आगे बहुत समय है। कुछ बन जाओ, फिर जी भर के खेलना। माँ ने इतना ही समझाया और यह बात रूही के दिल में घर कर गयी। वह तुरंत अंदर गया और मोबाइल लेकर माँ को दे दिया। माँ को कहा- माँ! मैं चाहे जिद करूँ या गुस्सा, आप मुझे ये कभी मत देना। माँ उसकी बात सुनकर खुश हो गयी। उसने प्यार से रूही को गले लगा लिया। उन्हें खुशी थी कि रूही समय रहते सही रास्ते पर आ गया। अब उन्हें चिंता नहीं थी और रूही भी अब अपना सारा वक्त पढ़ाई और

खेलकूद में लगाने लगा और पहले की तरह ही खुश रहने लगा ..। अब न उसकी आँखे थकती, न सर दर्द होता और न ही गर्दन में दर्द।

कुछ दिन बाद उसे जल्दी ही समझ आ गया कि वह अपना कितना सारा वक्त इन गेम्स और फालतू के एप्स पर बर्बाद कर रहा था। अब रूही फिर से खेलने-कूदने लगा तो फिर से एक्टिव हो गया। अपने पहले वाले रूही को देखकर माँ-पापा, दादा-दादी सभी खुश थे। अब रूही उनके साथ भी वक्त बिताता। शाम को आकाश से मिलते ही वह सब कुछ भूल गया। आकाश ने भी उसे मुस्कुरा कर देखा और दोनों दोस्त फिर टेनिस की प्रैक्टिस में लग गए। उन दोनों की मेहनत रंग लायी और आज रूही एक बहुत अच्छा डॉक्टर है और आकाश एक अच्छा टेनिस प्लेयर।

3. माँ-पिता नहीं करते बच्चों के लिए कमी

बच्चों,

आपकी उम्र बड़ी नाजुक होती है। अभी सही गलत आप नहीं समझ पाओगे, इसलिए अभी आप अपने माँ-पापा की ही सुनो। वो तुम्हें जो कहें उसे मानो, बेवजह की बातों के लिए कभी ज़िद न करो। बच्चों! हो सकता है आपकी ज़िद के लिए आपके माँ-पापा परेशान होते हों। हो सकता है आपकी ज़िद पूरी करने के उनके हालात न हों, और उन्हें मजबूरीवश आपकी जिद पूरी करनी पड़ती हो। आप किसी बात के लिए ज़िद करो और वे मना कर दें तो उनकी बात मान जाओ, क्योंकि बच्चों की इच्छा पूरी करने के लिए अक्सर माँ-बाप सामर्थ्य न होते हुए भी उन्हें पूरी करने की कोशिश करते हैं, पर बच्चों को इसका अहसास भी नहीं होता।

बच्चों, जैसे माँ-बाप आपका ख्याल रखते हैं, आपको कोई कमी नहीं होने देते, वैसे ही आप भी उनका ख्याल रखो। सिर्फ इसलिए नहीं कि उनके बिना आपका काम नहीं चलता, बल्कि इसलिए भी कि उनकी स्थिति को समझो। कोई माँ-बाप अपने बच्चों के लिए कमी नहीं करना चाहते, मगर हर एक की परिस्थिति एक जैसी नहीं होती इसलिए कभी किसी की नक़ल मत करो। जिसके पास जो है वो अच्छा है। फालतू दिखावा करना नासमझ बच्चों की निशानी होती है। स्ट्रांग बच्चे कभी इन बातों की परवाह ही नहीं करते। वह तो बस अपने लक्ष्य को पूरा कर खुद अपना भविष्य ऐसा बनाते हैं कि आगे चलकर उन्हें किसी बात की कोई कमी न हो। अच्छा बताओ, अगर आपके दोस्त के पास महंगी घड़ी हो और आप वैसी ही लेने की ज़िद करो तो क्या यह ठीक है? हो सकता है कि आपके माँ-बाप नहीं खरीद पाएं, आप ज़िद करोगे तो वो दिला भी देंगे पर इसके लिए उन पर क्या बीतेगी इसको सोच सकते हो आप? वह कभी आपको अपनी परेशानी नहीं बताएँगे, मगर आपको खुद ही उनके बारे में सोचना होगा। तभी आप एक आदर्श नागरिक और अच्छे इंसान बनोगे।

4. मेहनत रंग लाएगी

बच्चों,

यह जरूरी नहीं कि हर बच्चा पढ़ाई में अच्छा हो, क्योंकि हर बच्चे में अलग गुण होते हैं, अलग काबिलियत होती है। जैसे किसी को दौड़ने में, किसी की कूदने में, किसी की फुटबॉल तो किसी की क्रिकेट में रुचि होती है या फिर कोई गायक या कोई चित्रकार भी हो सकता है। जरूरत है अपने उस गुण पर ध्यान देने की और उस पर मेहनत करने की। एक बार यदि आपने अपना विशेष गुण पहचान लिया तो फिर उस पर जी तोड़ मेहनत करके देखो, आपकी मेहनत जरूर रंग लाएगी। बच्चों, हर एक बच्चे में रूही है, समझदार, होशियार। आप भी रूही की तरह हर चीज में अच्छे हों। चाहे खेल हो या पढ़ाई। बस जरूरत है तो सही समय पर सही चीज करने की।

5. मोबाइल ले जाता है सबसे दूर

बच्चों,

आपको पता है जब मोबाइल नहीं होते थे, इंटरनेट नहीं था, तब बच्चे क्या करते थे? आप सोचते होंगे न कि क्या बोरिंग जिन्दगी रही होगी, पर ऐसा नहीं है, तब बच्चे मोबाइल या वीडियो गेम्स नहीं खेलते थे, या न के बराबर ही खेलते थे। लेकिन वे ऐसे खेल खेलते थे जिससे खेल के साथ-साथ उनके मन मस्तिष्क और शरीर का भी विकास अच्छे से होता था। वे तन से भी और मन से भी तंदुरुस्त रहते थे।

बच्चों, मोबाइल गेम्स या वीडियो गेम्स आपको सिर्फ कुछ समय के लिए खुश करते हैं। आप खुद आजमा के देखो। 2 घंटे ये गेम्स खेल के देखो, और उसके बाद नोटिस करो अपने आप को, अपनी आँखों को, अपने कन्धों या हाथों को, या फिर पीठ को। आपको अजीब-सी जकड़न महसूस होगी और एक सुस्ती भी। आपको लगेगा कि आपने कितना सारा काम किया है, सर और आँखे भारी होंगी, और आपका मन न पढ़ने में लगेगा और न किसी और काम में और तो और आप घर वालों से भी बात करना कम कर दोगे, और आपके और उनके बीच एक अनचाही दूरी आ जाएगी, जो आप भी नहीं चाहते। जब आप मोबाइल गेम्स की अपनी एक अलग दुनिया बना लोगे तो आप धीरे-धीरे सबसे दूर होते जाओगे। अभी आपका मन कच्चा होता है। आप बातों को अच्छे से समझ नहीं पाओगे। आजकल के मोबाइल एप्स पर अगर आप समय बर्बाद करोगे तो आपको इसके बदले कुछ नहीं मिलने वाला, इसे याद रखिये।

6. समय आपकी मुट्ठी में

बच्चो,

जिन्होंने ये साधन बनाये हैं, आज वे इनसे खूब पैसा कमा रहे हैं, लेकिन क्या आपने कभी सोचा है कि आप जैसे बच्चों के भविष्य के साथ खिलवाड़ है यह। इनमें डूबकर बच्चे अपना अच्छा-बुरा नहीं सोच पा रहे हैं। अच्छा आप ही बताओ बच्चों, यदि आप अपना सारा समय या अधिकांश समय इन बेकार गेम्स और एप्स पर दोगे तो ये बदले में आपको क्या देंगे? कभी सोचा आपने? थोड़ी देर बैठकर सोचो इस बारे में।

बच्चों ये आपको देंगे कुछ नहीं, बस आपसे आपका सुनहरा भविष्य छींन लेंगे। जो समय आपके पढ़ने का है, खेलने-कूदने का है, आपके करियर संवारने का है, यह वह समय आपसे छीन लेते हैं, और एक बार ये समय आपके हाथ से निकल गया तो ये दुबारा आपको वापस मिल ही नहीं सकता, आप चाहे उसके लिए कोई भी कीमत दो ये वापस आपके हाथ नहीं आएगा। इसलिए बच्चों अपने प्यारे समय की हिफाजत करो। उसे ऐसे बर्बाद मत करो। समय को यूँ अपने हाथ से मत निकलने दो, किसी और को उस पर हावी मत होने दो, किसी और को मत चुराने दो, ये आपका समय है जो सिर्फ आपके लिए है, इसका पूरा उपयोग अपने अच्छे भविष्य के लिए करो। किसी को हक नहीं है कि आपका समय आपसे छीने और आपका भविष्य बर्बाद करे। इसलिए सबको इससे दूर रखो।

एक बार आपका भविष्य बन जाए, आप चाहते हो न कि आपके माँ-बाप को आप पर गर्व हो, समाज में आपकी वजह से उनकी पहचान हो, आप एक सफल व्यक्ति बनो, तो पहले कुछ बन जाओ। फिर ये गेम्स और एप्स तो हमेशा ही रहेंगे, उसके बाद इनको देखना। किसने मना किया है और कोई मना करेगा भी नहीं। आप कुछ बन जाओ, फिर ये गेम्स और एप्स तो हमेशा ही रहेंगे, उसके बाद इनको देखना।

7. छोड़ सकते हो लत

बच्चों,

यदि आप में से किसी को भी इन एप्स और गेम्स की लत पड़ गयी है तो आज मैं आपको कुछ आसान तरीके बताती हूँ कि इससे कैसे छुटकारा मिल सकता है। पर आपको भी वादा करना होगा कि आप ईमानदारी और सच्चाई से ये उपाय करोगे, फिर देखो कैसे ये लत छूटती है।

1. इसका सबसे आसान तरीका है, आप अपना फोन या जो भी इंस्ट्रूमेंट हैं उसे अपनी माँ या किसी बड़े को सौंप दो। उन्हें कहो कि दिन में बस थोड़ी देर के लिए दो या तीन बार ये आप मुझे देना। ऐसे में आप ज्यादातर वक्त इनसे दूर रहोगे।
2. यदि आपको इंटरनेट से कोई जानकारी चाहिए तो आप अपने बड़ों से बात कर सकते हो, वे आपको जानकारी उपलब्ध कराएँगे। उनसे पूछकर आप इंटरनेट चलाओ और काम खत्म होते ही उन्हें बता दो। इस तरह आप अपने आप पर कंट्रोल कर सकते हो।
3. अपने फोन पर एप्स एंड गेम्स डाउनलोड ही मत करो। ऐसे में आप इनके चंगुल में नहीं फंसोगे।
4. नेट पैक मत डलवाओ, ये नहीं होगा तो आप इनसे बचे रहोगे।
5. प्रतिदिन किताबें या समाचार पत्र पढ़ने की आदत डालो। इससे आप का नॉलेज बढ़ेगा और आप इन फालतू के गेम्स से बचे रहोगे।
6. जब भी खाली समय हो आप अपने परिवार वालों के पास बैठो, उनसे अपने बचपन या उनके समय की बातें सुनो, या उनके साथ कहीं बाहर चले जाओ। ये आपको मोबाइल की दुनिया से दूर ले जायेंगे।
7. रोज शाम को अपने दोस्तों के साथ बाहर या घर पर खेलो। कोई भी खेल हो। फुटबाल, क्रिकेट, बैटमिंटन, टेनिस, चेस, कबड्डी, खो-खो, आदि ये सभी आपके मानसिक और शारीरिक विकास में बहुत महत्त्वपूर्ण योगदान देते हैं।

8. अगर आपके बड़े कहें कि गेम्स, एप्स या मोबाइल मत खेलो तो आप एक ही बार में उनकी बात मान लो। उनसे इस बारे में बिल्कुल भी बहस मत करो, फिर देखो आपकी ये लत धीरे-धीरे छूट जाएगी।
9. सबसे जरूरी बात, यदि आपके बड़े आपको बिजी रखने के लिए मोबाइल पर गेम्स खलने या एप्स चलाने के लिए बोलें तो आप उनकी बात बिल्कुल मत सुनो और उन्हें कह दो कि उससे अच्छा आप अपने किसी दोस्त से बात कर सकते हो और उसके साथ खेल सकते हो।

8. जीवन आपका अपना है

बच्चों,

मोबाइल या मोबाइल गेम्स से दोस्ती न ही करो तो अच्छा है। ये आपके दोस्त नहीं, दुश्मन हैं। इनसे दूर रहोगे तो स्वस्थ व मस्त रहोगे। ये आपका दिमाग, आँखें व शरीर सबको कमजोर बनाते हैं। यदि आप इसे खेलना ही चाहते हो तो इसके लिए समय तय कर दो, जैसे शाम को एक घंटा, छुट्टी के दिन सुबह एक घंटा और शाम को एक घंटा। बस, इतना ही इससे ज्यादा इसको यूज़ करना हानिकारक है। हर थोड़ी देर में मोबाइल देखने वाले बच्चों का समय सबसे ज्यादा बर्बाद होता है। उन्हें इसका पता ही नहीं चलता, लेकिन वे सबसे ज्यादा डिस्टर्ब होते हैं। पढ़ाई के समय तो मोबाइल आसपास रखना भी नहीं चाहिए।

कई बच्चे अपने माँ-बाप से छिपाकर किताबों में मोबाइल या विडियो गेम रख लेते हैं, और बड़ी आसानी से अपने माँ-बाप को धोखा देते हैं, मगर वे यह नहीं जानते कि यह धोखा वह माँ-बाप को नहीं, बल्कि खुद को दे रहे हैं। भविष्य आपका है, अगर वह सही व सुखद न हुआ तो माँ-बाप को इसका दु:ख होगा, किन्तु वे क्या कर सकते है? मगर आप अपनी सोचो, अगर भविष्य खराब हो गया तो इसे आप ही भुगतोगे कोई और नहीं। आपको पता है जो इंसान अपनी लापरवाही की वजह से कुछ नहीं कर पाता तो हमारा समाज भी उसे कोई इज्जत नहीं देता। सब उससे दूर भागते हैं, कोई उससे रिश्ता नहीं रखना चाहता और जो दोस्त आज आपका साथ देते हैं वे दोस्त भी ज्यादा आस-पास नहीं फटकते, ये एक सच है। आपका सपना चाहे जो भी हो आप उसे 100 प्रतिशत पूरा कर सकते हो, बस जरूरत है लगन और मेहनत की। अपने लक्ष्य से न हटो, जो दिमाग में है उसे दिमाग से एक पल के लिए भी अलग मत होने दो, उसके बीच ये मोबाइल एप्स, गेम्स, वीडियो गेम्स आदि कुछ भी मत आने दो। ये आपके सपनों से बड़े नहीं हैं।

एक बार आपके सपने सच हो गए तो ऐसे-ऐसे गेम्स आपके इशारों पर होंगे। पर प्यारे बच्चों, उसके लिए आपको थोड़ा-सा सब्र अवश्य करना होगा।

आपको थोड़ा कठोर बनना होगा। इस लालच से दूर रहना होगा। बच्चों आप में से बहुत बच्चे रूही जैसे ही हैं, जिन्हें अभी बहुत कुछ पता नहीं होता। भोले और मासूम, मगर कोई आपकी इस मासूमियत का फायदा न उठा ले इसके लिए आपको अपने माँ-पापा के करीब रहना होगा। उनकी बात सुननी होगी। उनसे अपने दिल की बात कहनी होगी। अपने मम्मी-पापा के जो करीब होता है और सारी बातें उन्हें बताता है वह कभी मुसीबत में नहीं पड़ सकता और कोई मुसीबत आये भी तो वह उसमें अकेला नहीं होता।

घर के सभी सदस्य अभी आपके साथ हैं। उसका आप फायदा उठाओ। अपने भविष्य को संवारने के लिए तैयार हो जाओ। कुछ भी मुश्किल नहीं है। हर काम के लिए समय तय कर लो और उसे उसी समय पर पूरा करो। यदि आपने समय के अनुसार काम किया तो आपको कोई हरा नहीं सकता। बस एक समय ही है जिसे आप अपने हाथों से जाने मत दो। इसे कस कर पकड़े रहो और इसका जितना हो सकता है उपयोग करो। यह ही एक ऐसी चीज है जिन्दगी की जो आपके पास दुबारा लौटकर नहीं आएगा। एक बार गया तो गया, आप इसे खरीद भी नहीं सकते, न मांग सकते हो न छीन सकते हो। यह जितना है आपका अपना है और आप इसका कितना सदुपयोग करते हो यह आप पर निर्भर करता है।

बच्चों, बहुत दुःख होता है जब छोटे बच्चों को मोबाइल पर समय बर्बाद करते देखती हूँ। जिनकी उम्र खेलने-कूदने और पढ़ने की है वह मोबाइल एप्प्स और गेम्स के चंगुल में फंसते जा रहे हैं। बच्चों, 12वीं तक की पढ़ाई आपका भविष्य निर्धारित करती है, उसके बाद आप अपने अच्छे भविष्य की सीढ़ियों को पा लेते हो। सही मायनों में मोबाइल का और इनके गेम्स का सही समय तब ही है जब आप कुछ बन जाओ। आपको एक अच्छी जॉब मिल जाए या आप एक अच्छे खिलाड़ी, सिंगर या कलाकार जो भी आप बनना चाहते हो बन जाओ। उसके बाद ये गेम्स एप्स आपको डिस्टर्ब नहीं करेंगे और आपका भविष्य यकीनन सुनहरा होगा।

आपको पता है कि विदेशों में बच्चे पढ़ाई के साथ-साथ जॉब भी करते हैं सिर्फ इसलिए कि वे आत्मनिर्भर बन सकें और अपना अमूल्य समय बेकार न कर सकें। वहाँ के बच्चे कम उम्र में ही अपनी जिम्मेदारी उठाने के काबिल हो जाते हैं और यही बात एक देश को मजबूत और प्रगतिशील बनाती है।

९. शिव का सपना साकार हुआ

बच्चों,

आपको एक छोटी-सी कहानी और सुनाती हूँ। एक शहर में एक गरीब परिवार रहता था। बहुत गरीब। उस परिवार में 3 बच्चे और उनके माँ-पापा रहते थे। दो भाई और एक बहन का यह परिवार गरीब तो था, मगर खुश रहता था।

उनके पापा का नाम महेश था। महेश छोटी-मोटी नौकरी करके घर चलाते थे। उनकी माँ घर पर सिलाई-बुनाई करके थोड़ा बहुत कमा लेती थी। बच्चों! वे गरीब थे मगर अपने तीनों बच्चों को स्कूल भेजते थे। महेश नहीं चाहता था कि उसके बच्चे भी उसी की तरह कोई छोटी-मोटी मजदूरी करे। वह उन्हें पढ़ा-लिखाकर कुछ बनाना चाहता था।

उनका सबसे बड़ा बेटा राम था, उससे छोटा शिव और सबसे छोटी बेटी राधिका। तीनों बच्चे समझदार थे। राम और राधिका पढ़ने में अच्छे थे, लेकिन शिव की खेलकूद में ज्यादा दिलचस्पी थी। उनका घर बहुत छोटा था। छोटे से घर में रहकर राम, शिव और राधिका अपनी पढ़ाई भी करते और खाली समय में एक दूसरे के साथ खेलते भी। राम 9वीं कक्षा में था और शिव आठवीं और राधिका छठी में।

बच्चे जैसे-जैसे बड़े हो रहे थे धीरे-धीरे उनकी जरूरतें भी बढ़ रही थीं। उनका भी मन करता दूसरे बच्चों को देखकर कि उनके पास भी अच्छे खिलौने, अच्छे कपड़े हों, वो भी बाहर घूमने जाएँ, फिल्म देखें, लेकिन जब तक बहुत जरूरी न हो तब तक बच्चे अपने माँ-बाप से कुछ नहीं कहते। उन्हें घर के हालात मालूम थे और वे अच्छे से समझते थे। राधिका कभी-कभी कुछ बोल भी देती पर दोनों भाई उसे कुछ न कुछ कह कर बहला देते और वह चुप हो जाती। माँ-बाप को पता था कि वे बच्चों की सारी जरूरतें पूरी नहीं कर सकते, इसलिए वे चुप रहकर सब देखते रहते थे, लेकिन उनको एक बात पता थी कि यदि वे अपने बच्चों को अच्छी तरह

से पढ़ा–लिखा सकेंगे तो बच्चे बड़े होकर इस काबिल बन जायेंगे कि अपनी हर जरूरत को पूरा कर सकें। जो हम उन्हें न दे सके उनकी शिक्षा उन्हें जरूर देगी, यह विश्वास उनके माँ–बाप को था। उनके पास दौलत भले ही न थी पर बुद्धिमानी और शिक्षा दो ऐसे हथियार थे, जिनके बल पर उनका आत्मविश्वास हमेशा बना रहता था। बच्चों को जो पुस्तक चाहिए होती वे उन्हें खरीदकर देते थे।

बच्चे बड़े होने लगे। एक दिन शिव ने अपने पापा से कहा– पापा मुझे एक मोबाइल दिला दो। मेरे दोस्तों के पास भी है और वह मुझे चिढ़ाते रहते हैं, क्योंकि मेरे पास नहीं है। महेश कुछ देर के लिए सोच में पड़ गया। समय बदल रहा है, बच्चे को कैसे समझाएं। कुछ देर सोचने के बाद उसने शिव को अपने पास बुलाया, अपने पास बिठाकर प्यार से उसके सर पर हाथ फेरते हुए कहा– बेटा, एक बात बताओ, अभी तुम्हारी किस चीज़ की उम्र है? अभी तुम्हारे लिए क्या चीज़ ज्यादा जरूरी है? मोबाइल फोन या पढ़ाई? शिव ने कहा– पढ़ाई? तो फिर तुम फोन क्यों मांग रहे हो? पापा बोले। शिव ने कहा– पापा मेरे दोस्तों के पास भी है। पापा ने समझाया– बेटा! वह हर चीज जो दोस्तों के पास हो, जरूरी नहीं अच्छी ही हो, और आपके लिए जरूरी हो। आपके पास अच्छी–अच्छी किताबें हैं, क्या आपके दोस्तों के पास हैं?

अपने दोस्तों से हमेशा अच्छी बातें ही सीखो और उन्हें भी अच्छी बातें ही सिखाओ। अगर वह न समझें तो आप उनसे दूरी बना लो, क्योंकि तुम्हें अभी अपना भविष्य बनाना है। क्या तुम चाहते हो कि ये सब चीजें तुम्हारी कामयाबी के आगे आएं? यदि तुम एक बार इस के चंगुल में फंस गए तो बाहर निकलना बहुत मुश्किल हो जायेगा और जब तक बाहर निकलोगे तब तक काफी देर हो जाएगी। समय तुम्हारे हाथ से निकल जायेगा और तुम्हें पता भी नहीं लगेगा। क्या तुम चाहते हो कि अपनी ही गलती की वजह से बाद में तुम्हे पछताना पड़े और पछता के भी क्या होगा? कुछ नहीं, सारी जिन्दगी मुश्किलों से भरी होगी। बेटा अभी मोबाइल फोन और गेम तुम्हारी प्राथमिकता नहीं हैं, इनकी आदत डालोगे तो कभी अपना लक्ष्य हासिल नहीं कर पाओगे। आपको डॉक्टर बनना है, कभी नहीं बन पाओगे, फिर आपका सपना कैसे पूरा होगा? एक बार अपना भविष्य बना लो फिर जितना चाहे

मोबाइल से खेलना। जब आप कुछ अच्छा बन जाओगे तब आपको मोबाइल भी अच्छा ही मिलेगा।

शिव अपने पापा की बातें बड़े ध्यान से सुन रहा था, उसे सब कुछ ठीक लगा। उसने अपने पापा की बात मानी और मोबाइल की जिद छोड़ दी। दिन-रात पढ़ाई कर उसने उनका सपना साकार किया।

10. मुसीबत में खड़े होंगे सब

बच्चों,

हम सबसे बड़ी गलती कब करते हैं, आपको पता है? जब हमारे माँ-बाप हमसे कुछ कहते हैं और हमें लगता है कि ये हमारे दुश्मन हैं। जब हम अपने माँ-बाप से ज्यादा दोस्तों और गैरों पर भरोसा करने लगते हैं, जब हम अपने घर वालों की बात नहीं सुनते, जब हम उनकी बात नहीं मानते, जब हम उनसे सच छुपाने लगते हैं, जब हम उनसे अपनी गलतियां छुपाने लगते हैं, दोस्तों की बुराइयाँ और गलतियाँ छुपाने लगते हैं, तब हम सबसे बड़ी गलती करते हैं। बच्चों, ऐसे तो आपको यह लगेगा कि यह भी कोई अपने माँ-बाप को बताने की बात है और यदि हमने ये सब घर वालों को बताया तो हमें तो मार या डांट खाने को मिलेगी, मगर ऐसा नहीं है।

बच्चों, यदि आप अपनी हर बात अपने माँ-बाप या भाई-बहन से शेयर करोगे तो उन्हें भी आपके बारे में पता रहेगा और वह आपको किसी मुसीबत में पड़ने से पहले ही रोक लेंगे या मुसीबत से बचा लेंगे या मुसीबत में आपके साथ खड़े होंगे। आपकी आधी मुसीबत तो अपनों के साथ होने से ही दूर हो जाती है। ऐसा नहीं है कि आपके माँ-पापा आपको ये सब नहीं समझाते। वे आपको समझाते हैं, लेकिन आप न उनकी बात सुनते हो न उन पर ध्यान देते हो, न मानते हो। जो कि आपके जीवन की एक बहुत बड़ी गलती होती है। इसीलिए उनके कुछ कहने पर उनसे झगड़ें नहीं, बल्कि प्यार से उनकी बात सुनें और अपनी बात भी उनसे कहें।

11. भूत से पीछा छुड़ाना मुश्किल

बच्चों,

आप लोगों से या घर वालों से भूतों के बारे में सुनते होंगे, जबकि असल में कोई भूत-वूत नहीं होता, फिर भी हम इससे डरते हैं, क्योंकि हमें लगता है ये हमें नुक्सान पहुंचायेगा, है ना? बच्चों आजकल आपका मोबाइल और गेम्स ही असली भूत के रूप में आपके साथ हैं। यह एक ऐसा भूत है जो एक बार आप पर चिपक जाए तो फिर इससे आसानी से पीछा छुड़ाना बहुत मुश्किल है। यह आपको हर तरह से नुक्सान पहुंचाने की कोशिश करता है। आप तो इसे हाथों ही हाथों में रखते हो, इससे बड़ा प्यार करते हो, थोड़ी देर भी खुद से दूर नहीं होने देते, मगर यह बदले में आपको क्या देता है, कभी आपने सोचा है? यह सबसे पहले आपकी सेहत खराब करता है, आँखे कमजोर करता है, दिमाग को सुस्त करता है। खाना खाने की भी याद नहीं रहती। ऐसे में सेहत खराब करता है, इसको देख-देख खाना खाने से मोटापा भी बढ़ता है। उल्टे सीधे तरीके से खाना खाने पर खाना ठीक से पचता भी नहीं, आपकी गर्दन पर इसका बहुत बुरा असर होता है। अभी छोटे हो इसलिए पता नहीं चलता। ये धीरे-धीरे आपका सारा पोस्चर बिगाड़ रहा है। यह आपको चिड़चिड़ा बना देता है। आप बात-बात पर घर वालों पर चिल्लाने लगते हो क्योंकि जब आप कभी गेम हार जाते हो या एप्स में आपको कोई रेस्पॉस अच्छा नहीं मिलता या आपके अनुसार आपको जवाब नहीं मिलता तो आपका मूड खराब हो जाता है और आप न चाहते हुए भी अपना गुस्सा घर वालों या दोस्तों पर निकालते हो। आप सबसे दूर होते जाते हो, भाई-बहनों से झगड़ा होने लगता है। यहाँ तक कि आप अपने माँ-बाप से भी बिना वजह चिड़चिड़ाने लगते हो। सोचो, उन्हें कितना बुरा लगता होगा जब उनका बच्चा बेवजह उनसे ऊँची आवाज़ में बात करे। इन सब बातों का अहसास आपको नहीं होता, क्योंकि आपका दिमाग तो मोबाइल भूत के कब्जे में होता है। आपको सही गलत सूझता ही नहीं, ये मोबाइल

भूत आपको अपाहिज की तरह काबू में रखता है। धीरे-धीरे आपका जीवन बर्बाद करने लगता है और आपको इसकी खबर भी नहीं लगती, और जब खबर लगती है मेरे बच्चों, तब तक बहुत देर हो चुकी होती है। आजकल बहुत बुरे हालात हैं, दिन-प्रतिदिन बच्चे इसके चंगुल में फंसते ही जा रहे हैं। छोटे से छोटा बच्चा भी जहाँ-तहाँ मोबाइल चलाता दिख जाता है, तो उसके पीछे पागल हो जाता है। जिसके लिए उसकी किरणें तक घातक हैं, माँ-बाप भी बच्चों को मोबाइल पर खेलता देख खुश हो रहे होते हैं। उन्हें इस बात का पता ही नहीं होता कि कब उन्होंने एक खतरनाक हथियार बच्चे के हाथ में दे दिया।

12. मजा लो असली जिंदगी का

अच्छा बच्चों,

आप एक बात बताइये, जिन्दगी में यदि आप मेहनत करोगे तो आपको सब कुछ मिलेगा, जो आप चाहो, अच्छे से अच्छा मोबाइल फोन, गेम्स, एप्स, सभी कुछ लेकिन आज आपके पास जो सबसे अनमोल चीज है वो है आपका बचपन। क्या ये प्यारा-सा बचपन आपको दुबारा मिलेगा? मोबाइल तो जीवन भर मिलेगा, मगर क्या आप ये बचपन वापस पा सकते हो, नहीं न, आपके पास जवाब ना में ही होगा, क्योंकि यही सच है, तो फिर क्यों नहीं आप इसे बचपन की तरह बिताते? क्यों नहीं आप बाहर मैदान में खेलते? क्यों नहीं दोस्तों के साथ हल्ला-गुल्ला करते? यही तो समय है, आप अभी बच्चे हो। आपका बचपन आपके पास है, इसलिए आपको ये सब महसूस नहीं होगा, आपको लगेगा, काश! हम जल्दी बड़े हो जाएँ, लेकिन आप जब भी बड़ों से पूछोगे वो एक ही जवाब देंगे, काश! दुबारा बचपन लौट आता। तब न माँ आपको अपने हाथों से खिलाएगी, न पापा आपको घुमाएंगे। सब आप खुद करोगे तो फिर क्यों न इस मासूम बचपन को मासूम ही रहने दिया जाय। क्यों न मोबाइल भूत से इसे बचाकर रखा जाय। ये गेम्स और एप्स से दूर अपनी असली दुनिया में खेला-कूदा जाये।

यही आपको करना है बच्चों, और आपको अगर अपने भविष्य की चिंता है तो आपको ये करना ही होगा, वरना आपको पछताना पड़ सकता है। आजकल छोटे-छोटे एक साल के बच्चे भी मोबाइल से खुश हो हो कर खाना खाते हैं। छोटे-छोटे बच्चों को मोबाइल पर खेलते देख बहुत दुःख होता है, खास कर 10 साल तक के मासूम, क्या असर पड़ता है उनके दिल-दिमाग और शरीर पर कहाँ जा रहे हैं हमारे बच्चे? छोटेपन से मोबाइल की लत क्या उनकी कामयाबी का रास्ता नहीं रोकेगी। ऐसे में क्या देश आगे बढ़ पाएगा? क्या हमारा भविष्य खतरे में नहीं है? काम करने की क्षमता में गिरावट होना स्वाभाविक है। बच्चे बस बैठकर मोबाइल खेलना चाहते हैं,

एप्स यूज करना चाहते हैं, जिससे वे आलसी हो जाते हैं, चिड़चिड़े हो जाते हैं और मानसिक रूप से उन्हें मानसिक थकान-सी होने लगती है।

कई बार वे एप्स पर उल्टी-सीधी बातें कर मुसीबत में भी पड़ जाते हैं, उन्हें क्या पता सोशल मीडिया पर कौन कैसा है? कुछ बुरे लोग बच्चों को आसानी से अपना शिकार बना लेते हैं, जिससे कभी-कभी वे बड़ी मुश्किल में पड़ जाते हैं। अब आप ही बताओ बच्चों, जब हमारे बच्चे इन सब चीजों में उलझे रहेंगे, तो क्या अपना भविष्य बनाएंगे और क्या देश का? आप खुद समझदार हैं। ये आपको तय करना है कि आप क्या चाहते हो, इंटरनेट के जाल में ही फंसकर रह जाना चाहते हो या खुद एक मिसाल बनना चाहते हो। मोबाइल कम्पनियां फ्री और अनलिमिटेड डाटा पैक देकर लालच दे रही हैं और पैसे कमा रही हैं। आप क्या कर रहे हो? उनके जाल में फंस रहे हो। अरे! जब आप कॉलेज में जाओगे वहाँ आपको सब कुछ पढ़ाया जायेगा, फिर अभी से क्यों इंटरनेट के चक्कर में पड़ते हो? माना कि आपको जानकारियों के लिए इसकी जरूरत होगी, लेकिन उसके लिए आप घर के किसी बड़े सदस्य को बोल सकते हो, उनके सामने बैठकर अपनी जानकारी की बातें उनसे ले सकते हो। जहाँ अति आवश्यक हो इसीलिए वहीं मोबाइल और नेटवर्क का यूज़ करें, अन्यथा किताबों से अगर जानकारी जुटाया जाए तो बेहतर है। प्रतिदिन किताबें और न्यूज पेपर पढ़ने की आदत डालो बच्चों, ये बहुत अच्छी आदत होती है। इससे आपका ज्ञान तो बढ़ता ही है साथ ही आपके स्वास्थ्य पर भी बुरा असर नहीं पड़ता।

13. नहीं तो फिर बन जाओगे गुलाम

बच्चों,

आज हमारा देश आजाद है। हम आजाद हवा में सांस ले रहे हैं। अच्छा लगता है न जब हमें कोई कुछ कहने वाला नहीं होता, थोड़ी देर के लिए अगर माँ-पापा घर से बाहर जाते हैं तो हमें आजादी महसूस होती है, होती है न? यदि हमें अपने ही घर में आजादी की जरूरत होती है तो सोचो जब हमारा देश अंग्रजों का गुलाम था, तब लोग कैसे जीते होंगे? गुलामी की ज़िन्दगी बहुत बदतर थी, अंग्रेज जब हम पर जुल्म करते थे, हमारे देशवासियों पर और इन्हीं जुल्मों ने आजादी की चिंगारी को हवा दी थी। मतलब जुल्मों से तंग आकर हमारे शहीदों ने अंग्रेजों के खिलाफ आज़ादी की लड़ाई शुरू की थी। ये आप सबको पता है कि महात्मा गाँधी, भगत सिंह, चंद्रशेखर आजाद, बिस्मिल्लाह खान, सुखदेव जैसे और भी लोग थे। जिन्होंने इस देश की आजादी के लिए न सिर्फ अंग्रजों से लड़कर बहुत कुछ झेला, बल्कि छोटी ही उम्र में इन्होंने अपनी जान भी इस देश के लिए कुर्बान कर दी। उनकी भी खेलने-कूदने की उम्र थी। उनके भी घर-बार थे, मगर उन्होंने उस उम्र में भी अपने देश के लिए हँसते-हँसते जान दे दी। कम उम्र में ही अपने देश के लिए शहीद हो गए।

अब आप ही बताइये कि क्या इस देश की कल्पना की थी उन लोगों ने कि हमारे आजाद देश में हमारे ही बच्चे एक दिन मोबाइल जैसी चीज के गुलाम हो जायेंगे। अंग्रेज क्यों राज कर पाए भारत पर? सिर्फ इसलिए कि भारतीयों में एकता नहीं थी। वे उन्हें बहलाते गए और तोड़ते गए, उनमें फूट डाली और राज किया। उनके मन को पहले गुलाम बनाया, गुलाम इंसान नहीं उसका मन होता है, यदि भारतीय अंग्रेजों की चाल समझ जाते तो उन्हें कोई नहीं तोड़ सकता था। बच्चों बात अंग्रेजों की हो या मोबाइल की, यदि आप इससे दूर नहीं रहोगे और यदि आप इसके आदी हो जाओगे तो फिर इसके गुलाम बनकर ही रह जाओगे और यदि आपका मन इसका

गुलाम हो गया तो आप क्या करोगे भविष्य में अपने लिए और अपने देश के लिए? आपका आधा समय जो आपने अपने सुनहरे भविष्य के लिए देना है, वो तो मोबाइल आपका ले रहा है और अगर आप लोग ही, जो इस देश का भविष्य हो, जिन्हें आगे चलकर इस देश का हर कार्य करना है। कोई डॉक्टर बनेगा, कोई इंजीनियर, कोई वकील, कोई जज, कोई कलाकार तो कोई फौजी, जो भी बनेगा देश के लिए ही बनेगा, उसके विकास में योगदान देगा, मगर वह आधा ही होगा, क्योंकि आधा समय तो आप मोबाइल को दे रहे हो, वो तो जुड़ेगा ही नहीं, तो जैसे काम आप अपना पूरा समय देकर कर सकते हो, वैसा काम आप आधा समय देकर कर ही नहीं सकते और जो समय आपका बेकार चला गया उससे आपको मिलेगा कुछ नहीं सिर्फ नुक्सान ही होगा। मोबाइल पर समय देने से क्या हासिल हो जायेगा? आपकी काबिलियत में गिरावट आएगी और देखते ही देखते देश की स्थिति में भी गिरावट आ जायेगी। मोबाइल या इंटरनेट का गुलाम होने के बाद वह दिन दूर नहीं, जब फिर से हमारा देश गुलामी की और बढ़ेगा। जिस देश के युवक अपना आधा समय मोबाइल गेम्स, एप्स या अन्य चीजों पर बर्बाद कर रहा हो उसके देश का भविष्य कैसा होगा? कौन उस देश की बागडोर संभालेगा? ये एक तरह का नशा है जो हमारे बच्चों को खोखला बना रहा है। बच्चे तो नींव हैं देश की, वही मजबूत नहीं रहेगी तो कौन हमारे देश को संभालेगा, और कमज़ोर देश को तो कोई भी फिर से गुलाम बना सकता है, आप ही बताइये, क्या आप चाहते हो कि वही गुलामी का दौर फिर से आये, आपको अपने देश की कमज़ोरी नहीं ताकत बनना है, कल आप लोगों में से ही कोई प्रधानमंत्री तो कोई राष्ट्रपति बनेगा, बन पाओगे एक अच्छा राजनेता जो गन्दी नहीं, साफ-सुथरी न्याय पूर्ण राजनीति कर सके। आप जरूर बनोगे, लेकिन तब जब आपका दिमाग अपने देश के बारे में भी सोचे, न कि सिर्फ मोबाइल गेम्स में लगा रहे, पहले ही देश में गन्दी राजनीति और नफरत कम नहीं है, जो देश को खाये जा रही है। बच्चों! हमें न सिर्फ अपना भविष्य ही बनाना है, बल्कि अपने देश का भविष्य भी सुरक्षित रखना है व उसे और मजबूत बनाना है और ये तभी होगा जब आप अपना सारा समय खुद पर खर्च करो न इन गेम्स और मोबाइल्स पर। आप ही हमारा आने वाला कल हो। जैसे आप होंगे, वैसा हमारा देश भी होगा, जैसे नेता मिलेंगे वैसी

राजनीति भी होगी, जैसे डॉक्टर्स मिलेंगे वैसा इलाज भी होगा, जैसे जज होंगे वैसा न्याय भी होगा, जैसे इंजीनियर होंगे वैसा निर्माण भी होगा। कहने का मतलब है जैसे हमारे बच्चे होंगे वैसा हमारा देश होगा। तो बच्चों! आप पर सिर्फ आपका भविष्य नहीं टिका है बल्कि आप पर पूरा देश टिका है। आप यह तय करो आपका देश कैसा होगा।

एक मजबूत देश दुनिया के साथ-साथ कदम मिलाकर चल सके या एक ऐसा देश जिसके बच्चे सिर्फ मोबाइल गेम्स, इंटरनेट और बाकी चीजों में अपना भविष्य बर्बाद कर रहे हैं। अभी भी देर नहीं हुई बच्चों! यदि आपको अपनी, अपने परिवार की, अपने समाज की और अपने देश की चिंता है, तो दूर रहिये इस मोबाइल भूत से। भगा दीजिये इसे और अपने पास तक फटकने मत दीजिये, फिर देखना आपका जीवन कितना सादा और कितना सुकून भरा होगा।

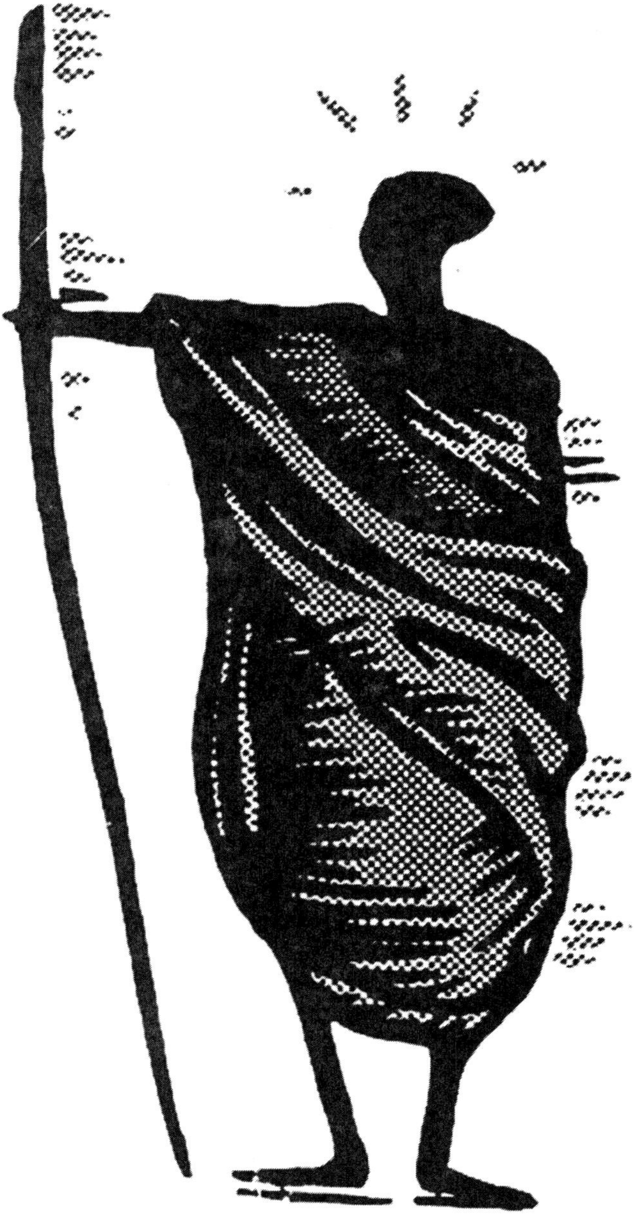

14. .... और अब अंत में

बच्चों,

आपको यह सब कुछ बताने के पीछे मेरा अपना कोई निजी स्वार्थ नहीं है। बस दिल से यह चाहती हूँ कि मेरे देश के हर बच्चे का भविष्य सुनहरा हो और मेरे देश की नींव मजबूत हो। मजबूत नींव से मजबूत राष्ट्र बनता है और वह नींव तो आप ही हो।

आप पर ही देश का भविष्य टिका है। इसलिए खुद को मजबूत करो अपने देश को मजबूत करो। आपको पता है विदेशों में बच्चे पढ़ाई के साथ-साथ जॉब भी करते हैं सिर्फ इसलिए कि वे आत्मनिर्भर बन सकें और अपना अमूल्य समय बेकार न कर सकें। वहाँ के बच्चे कम उम्र में ही जिम्मेदारी उठाने के काबिल हो जाते हैं और यही बात एक देश को मजबूत और प्रगतिशील बनाती है।

तो फिर आज से ही ये प्रण लो, देखते हैं कितने बच्चों में ये हौसला और हिम्मत है जो यह काम कर सके।

डायमंड बुक्स नये प्रकाशन

डायमंड बुक्स

X-30, Okhla Industrial Area, Phase-II New Delhi-110020
Ph: 011-40712200 email : wecare@diamondbooks.in www.diamondbooks.in